DISNEP
PIRATES des CARAÏBES

Capitaine Jack

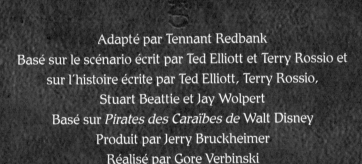

Adapté par Tennant Redbank

Basé sur le scénario écrit par Ted Elliott et Terry Rossio et

sur l'histoire écrite par Ted Elliott, Terry Rossio,

Stuart Beattie et Jay Wolpert

Basé sur *Pirates des Caraïbes de* Walt Disney

Produit par Jerry Bruckheimer

Réalisé par Gore Verbinski

Droits réservés 2007 par Disney Enterprises, Inc.

Publié par Presses Aventure, une division
de Les Publications Modus Vivendi Inc.
55, rue Jean-Talon Ouest, 2ᵉ étage
Montréal (Québec) Canada H2R 2W8

Paru sous le titre original : *Captain Jack's Tale*

Traduit de l'anglais par : Catherine Girard-Audet

Dépôt légal - Bibliothèque et Archives nationales du Québec, 2007
Dépôt légal - Bibliothèque et Archives Canada, 2007

ISBN 13 : 978-2-89543-794-9

Nous reconnaissons l'aide financière du gouvernement du Canada par l'entremise du Programme d'aide au développement de l'industrie de l'édition (PADIÉ) pour nos activités d'édition.

Gouvernement du Québec – Programme de crédit d'impôt pour l'édition de livres – Gestion SODEC

Chapitre 1

Jack Sparrow est un pirate… et une légende. Sa répartie est aussi rapide que son épée. Son esprit est aussi excentrique que sa tenue.

Jack a été le capitaine du *Perle Noire,* un redoutable bateau de pirates avec des voiles noires et un drapeau avec une tête de mort, jusqu'à ce que son équipage s'empare du bateau et le largue sur une île. Depuis, Jack ne pense qu'à récupérer le *Perle Noire.*

Bien qu'aucun bateau ne puisse remplacer le *Perle Noire*, Jack se rend à Port Royal à la recherche d'un autre navire. Mais quelque chose attire son attention. Soudain, une jeune femme tombe du haut du fort ! *Plouf !* Elle plonge dans l'océan.

« Ne vas-tu pas la secourir ? » demande Jack à un marin sur le quai.

« Je ne sais pas nager », répond l'homme.

Jack ôte son pistolet et son épée, puis se jette à l'eau. Il hisse la jeune femme sur le quai. Elle ne respire plus. Jack desserre ses vêtements. Elle tousse et reprend son souffle.

Tout à coup, Jack aperçoit de l'or scintiller. C'est un médaillon – un médaillon de pirate – que la dame porte à son cou. Jack pense que c'est peut-être un moyen de récupérer le *Perle Noire* !

« Où avez-vous trouvé ce médaillon ? » lui demande Jack. Il est interrompu par une main qui le saisit vivement.

La jeune femme s'appelle Elizabeth Swann. Elle est la fille du gouverneur de Port Royal et la bien-aimée du Commodore de la Marine royale, Norrington.

« Ça alors ! dit Norrington. Vous êtes le capitaine Jack Sparrow, n'est-ce pas ? »

Norrington sait que Jack est un pirate et, bien que Jack ait sauvé la vie d'Elizabeth, le commodore veut tout de même le jeter en prison. Mais Jack ne se laisse pas faire. Il reprend rapidement son pistolet et son épée, puis saisit une corde et s'élance pour se faufiler dans la ville.

Jack cherche un endroit où se cacher.
Il ouvre la porte d'une forge. Le forgeron
est endormi, mais Will Turner, son assistant,
veille.

Will est orphelin. Elizabeth et son père
l'ont sauvé de la noyade lorsqu'il était un
jeune garçon. Will est amoureux d'Elizabeth
depuis ce jour.

« Vous êtes recherché », dit Will lorsqu'il
aperçoit Jack.

Will s'empare d'une épée. Le bruit des
lames qui s'entrechoquent résonne dans l'air.
Jack et Will sont du même niveau. Ils luttent,
s'esquivent, bondissent et fendent l'air.
Au moment où Jack accule Will au pied du
mur, le forgeron se réveille et frappe Jack à la
tête avec une bouteille. Jack s'évanouit.

8

Chapitre 2

Jack se réveille dans une cellule de prison. À l'extérieur, il fait nuit – mais il ne fait pas noir. Des coups de canon illuminent le ciel. Port Royal est attaqué – par des pirates !

« Je connais ces canons », dit Jack. Il regarde au travers des barreaux de la fenêtre. « C'est le *Perle Noire*. »

Jack veut s'échapper. Il doit récupérer son bateau. Il tente sans succès d'arracher les barreaux. Will Turner entre soudain dans la prison.

« Vous ! Sparrow ! demande Will. Connaissez-vous le *Perle Noire* ? »

« J'en ai entendu parler », répond Jack nonchalamment.

« Ils ont pris mademoiselle Swann. »

Jack observe attentivement Will : « Si tu me fais sortir d'ici, je te conduirai jusqu'au *Perle Noire*. »

Jack lui tend la main, et Will la serre. Will soulève de ses gonds la porte de la cellule en utilisant un banc comme levier.

Le matin suivant, Jack et Will surveillent les quais. Jack met sur pied un plan farfelu pour chiper l'un des bateaux. Par chance, son plan fonctionne.

En un rien de temps, Jack s'empare du bateau de Norrington !

« Merci, Commodore », dit Jack. Il lui fait un signe de la main avant de prendre le large en compagnie de Will.

Jack et Will recrutent un équipage sur une île appelée Tortuga. Il s'agit de pirates, l'équipage préféré de Jack. Ils mettent alors le cap sur l'île de la Muerta, là où Barbossa, le nouveau capitaine du *Perle Noire*, entraîne Elizabeth.

Tandis que le bateau s'approche de l'île, un brouillard épais s'étend autour d'eux. Les épaves des bateaux échoués sur les récifs entourent l'île.

« Jetez l'ancre ! s'écrie Jack. Will et moi devons aller à terre. »

Jack aperçoit le *Perle Noire* près de l'île.

« Est-elle là ? » demande Will, faisant référence à Elizabeth.

« Non », répond Jack.

Elizabeth a été emmenée dans la grotte. Jack sait ce que cela signifie. La cérémonie des pirates a commencé !

Chapitre 3

Lorsque Jack était capitaine du *Perle Noire*, il cherchait un important trésor. Il avait révélé la cachette à Barbossa. Barbossa avait alors jeté Jack hors du bateau pour prendre les commandes. Puis il avait navigué en direction de l'île de la Muerta pour s'emparer du trésor, ignorant que l'or était maudit. Chaque homme qui touche une pièce est maudit.

Depuis, Barbossa et ses pirates ne peuvent ni manger ni boire. Seul le clair de lune dévoile leur vraie nature : ce sont des morts – des squelettes !

Pour conjurer le sort, chaque pièce d'or du
trésor doit être mouillée du sang de celui qui
s'en est emparé le premier.

Barbossa et ses pirates ont passé des années
à rechercher ces pièces d'or. Ils ont essuyé
chaque pièce avec leur propre sang. Le
médaillon d'Elizabeth est le dernier. Ils croient
qu'elle est la fille de Bill Turner dit « Bill, le
Bottier », le seul pirate qui manque à l'appel.
Grâce au sang d'Elizabeth, le sort sera conjuré.

Jack et Will observent la scène par une ouverture de la grotte. Un amas de trésors s'étend au centre de la grotte, et un coffre en pierre rempli de pièces maudites trône au-dessus de la pile.

« Le voici… le trésor maudit ! s'écrie Barbossa. Nous avons retrouvé chaque pièce d'or, excepté celle-ci. » Il désigne le médaillon que porte Elizabeth.

Barbossa s'empare d'un couteau. Will s'élance, mais Jack le retient.

« Pas encore », dit-il.

Barbossa entaille la paume d'Elizabeth et la
force à serrer le poing sur le médaillon.

« Fait par le sang, clame-t-il, par le sang défait ! »

Rien ne se produit. Rien ne change. La malédiction n'est pas rompue.

Qu'est-ce qui ne va pas ?

Jack connaît la réponse. Ce n'est pas du sang
d'Elizabeth dont ils ont besoin, mais de celui
de Will !

Will est le fils de « Bill, le bottier » Turner.
Le médaillon lui appartient, mais Elizabeth s'en
était emparée plusieurs années auparavant,
le jour où elle et son père l'avaient rescapé.

« Tu nous as entraînés jusqu'ici pour rien ? »
demande l'un des pirates à Barbossa.

Les pirates commencent à se disputer. Dans
le feu de l'action, Will se faufile hors de la
grotte et s'échappe en compagnie d'Elizabeth.

Chapitre 4

Jack Sparrow ne les suit pas. Il conclut une entente avec Barbossa.

« Je sais de quel sang tu as besoin », dit-il. Jack décide de raconter l'histoire de Will Turner à Barbossa, afin de récupérer le *Perle Noire*.

Jack et Barbossa se lancent alors à la poursuite de Will et d'Elizabeth.

Les deux bateaux s'affrontent en mer. Will
et Elizabeth chargent les canons de tout ce
qu'ils trouvent – y compris des cuillères,
des couteaux et des fourchettes. Jack en a
presque le cœur brisé. « Arrêtez de faire
des trous dans mon bateau ! » crie-t-il.

Ils·se battent courageusement, mais
lorsque Barbossa capture Elizabeth, Will
ne peut le supporter.

« Libérez-la ! » s'écrie-t-il. Will sait que Barbossa a besoin de son sang, et non de celui d'Elizabeth. Ils font un pacte. Will accepte d'accompagner les pirates sur l'île de la Muerta à condition qu'ils libèrent Elizabeth.

« Entendu ? » demande Will.

Barbossa sourit.

Les choses ne se passent pas comme prévu. Barbossa abandonne Elizabeth et Jack sur une île déserte. Après tout, Will n'a pas spécifié *où* Elizabeth devait être libérée.

Sur le rivage, Jack suit des yeux le *Perle Noire* qui s'éloigne. « C'est la deuxième fois que je regarde cet homme s'enfuir à bord de mon bateau », dit-il.

Désespéré, Jack finit enfin par s'endormir. Heureusement, Elizabeth a un plan. Elle décide de brûler tout le rhum que des marchands ont laissé sur l'île.

Le matin suivant, l'odeur de fumée
réveille Jack. Il n'arrive pas à croire
qu'Elizabeth ait brûlé tout le rhum !

Les flammes créent un feu immense qui
peut être aperçu à des lieues à la ronde.
Norrington arrive alors à la rescousse.

Jack et Elizabeth convainquent Norrington de mettre le cap sur l'île de la Muerta. Une fois de plus, Jack se présente au moment où Barbossa commence la cérémonie, mais cette fois-ci, le couteau est dirigé vers Will.

« Excuse-moi ! s'écrie Jack en marchant vers le pirate. Tu ne devrais pas faire cela. »

Barbossa s'arrête aussitôt. « Pourquoi ? » demande-t-il.

« Parce que l'équipage de la Marine royale vous attend au large de l'île. »

Barbossa écoute les explications de Jack.

« Norrington croit qu'il a affaire à des pirates normaux… mais vous êtes immortels ! » dit-il en secouant la tête.

Jack prend une poignée de pièces d'or.

« Tu devrais tuer l'équipage de Norrington avant de conjurer le sort », ajoute-t-il.

Barbossa sourit. « Tout le monde sur le pont ! » ordonne-t-il.

Les pirates quittent la grotte et se
dirigent droit sur la mer. La lune brille dans
le ciel. L'équipage de pirates transformé en
squelettes marche au fond de l'océan.
Ils grimpent aux cordages du bateau.
Ils attaquent l'équipage de Norrington !

La plupart des pirates ont quitté la grotte, comme l'espérait Jack. Du pied, Jack lance une épée à Will. Will saisit l'épée et affronte les autres pirates.

« Jack, je commençais juste à t'apprécier ! » gronde Barbossa.

Lui et Jack brandissent leurs épées. Jack repousse Barbossa.

« Tu ne peux pas me battre », dit Barbossa. Sur ces mots, il enfonce son épée dans la poitrine de Jack !

Chapitre 5

Jack titube en arrière. Ses pas le portent sous le clair de lune, où son corps se transforme… en squelette !

Jack sort une pièce d'or de sa poche. « Cette malédiction semblait si utile que j'ai eu envie d'essayer », explique-t-il.

En prenant une pièce d'or, Jack est en effet tombé sous la malédiction. Jack ne peut être tué que si le sort est conjuré !

Jack et Barbossa se battent avec encore plus d'ardeur. «Quel est ton plan, Jack? demande Barbossa. Tu ne peux pas me tuer. Je ne peux pas te tuer.»

À cet instant, Jack sort son pistolet. Un coup résonne dans la grotte.

Barbossa observe le trou dans sa chemise.

«Tu as gardé ce pistolet pendant dix ans, dit-il, et maintenant tu décides de gaspiller ton dernier coup de feu!»

«Il ne l'a pas gaspillé», annonce Will.

Will se trouve au-dessus du coffre. Il ouvre son poing. Il a une coupure sur la main, et son sang recouvre le médaillon. La malédiction est rompue.

Barbossa tombe mort sur le sol.

Dès que les pirates sont redevenus mortels, l'équipage de Norrington remporte facilement la bataille. Jack a toutefois un autre problème. Norrington lui en veut toujours. Lorsqu'ils reviennent à Port Royal, Norrington ordonne qu'on pende Jack. « C'est injuste ! » s'écrie Elizabeth lorsqu'elle l'aperçoit la corde au cou.

Will ne veut pas laisser Jack mourir ainsi.
Il se précipite à son secours, épée en main.
Ensemble, ils combattent les soldats. Jack
bondit alors sur le mur du fort. « Chers
amis ! s'écrie-t-il. Ce jour restera dans vos
mémoires comme celui où vous avez failli
pendre le capitaine Jack Sparrow ! »

Jack perd pied et tombe dans l'océan
sous le regard surpris de Will et de la foule.

Un cri retentit. « Regardez ! C'est le *Perle Noire* ! » Le *Perle Noire* avance avec assurance sur l'eau. Jack s'agrippe à une corde et monte à bord du navire.

Son équipage lui tend son manteau et son chapeau.

« Capitaine Sparrow, lui dit son premier lieutenant, le *Perle Noire* vous appartient. »

Jack caresse de sa main le garde-corps en bois, puis s'installe au gouvernail. Il se sent bien. Après plusieurs années, il récupère enfin le *Perle Noire*.